무릎 위의 자작나무

무릎 위의 자작나무

장 철 문 시 집

창비

차 례

제1부

제2부

제3부

제4부

제5부

제1부

뒤란의 눈을 위한 다례(茶禮)

큰 눈이 내렸다

하늘은 얼어터진 살을 뜯어 내던지는 것도
기쁨인가
기쁨의 뭉치들이 허공에 어지러운 발자국을 남기며, 지우며
왁자지껄
한바탕 난장을 피우고 간 뒤,

고요하다

뒤란의 개나리 철쭉 상수리 아까시 회양목
때죽나무 가지가 하얗다

웃음소리
멀고 깊은 곳의 웃음소리
하늘로 입김이 뿜어져오르는

하늘에서 목젖이 보이는 웃음소리
하나의 기쁨으로부터 커다랗게 터져나오는 웃음소리

듣고 서 있다
앉았다
다시 내다보면,

뺨을 치듯
한바탕 웃음소리 어느새 말끔히 걷혀
작년의 잎새들이 젖고

창을 열고
시린 바람을 들여 물을 끓인다

하느님의 부채

백년 만의 무더위라던 올여름은
히말라야에 눈이 많이 와서
전에 없이 시원할 것이라고 한다
말하자면, 우리의 하느님은 그 먼 히말라야에도 계셔서
당신의 부채바람이 여기까지 불어오는 것이다
바람의 날개가 티베트 일대 산록을 이륙해서
서역을 지나고 중화인민공화국을 지나
백두대간 언저리까지 그늘을 드리우며 동해로 빠진다는 것인데,
하루에 구만리를 간다는 대붕의 날개도
거기 대면 애걔걔,
겨우 소리개 날개쯤밖에는 되지 않는 것이다
눈의 집이라는 히말라야의 곳간을 얼마나 채운 것인지는 몰라도
그 하느님의 곡식이
죽부인도 되고
무좀 걸린 발을 씻는 여울도 되고,

그것참!
당신의 부채가 도무지 맘먹고 장만한 에어컨쯤은
무용지물로 만들어버리는 것이나 아닌지는 몰라도
하여간, 말만 들어도 시원하기는 무진장 시원한 것이
어서
당신의 그 서슬 푸른 흰 살이
바람도 되고
풍류도 되고
거울도 되어서
올여름에는 내가 살아온 내력이나 그 바람에 비춰봐야
겠다

스크랩

7천년 전 신석기시대의 식물뿌리에 싹이 텄다
신문에 났다
무섭다
교정의 잿빛 가지마다
싹이 튼다
무섭다
저 물오르는 나무둥치를 붙들고
가슴과 아랫도리를
문지르면
7천년 전 돌창을 날렸던
돌칼을 갈았던
호모싸피엔스의 기억이
세포 속에서
싹틀까
처음 볍씨를 심었던 그의 생계와 예지가
깨어날까
무섭다

내 꽃피는 분노와 탄식과 오만이

7천년 뒤의

어느 사내의, 혹은 여자의

혈관 속에 스며

꽃필까

무섭다

내가 사랑했던 여자들과

가족들과

벗들의 가슴속에서

오늘도,

날마다

애증이

저 잿빛 가지의 연두처럼 피고 또 질까

무섭다

잿빛 가지에서

싹이 튼다

굴참나무밭에 가서

청개구리 한 마리가 굴참나무 살을 뚫고 나오고 있다
대가리로 힘껏 밀어올리고 있다
살이 뚫리고, 살갗이
봉분처럼 밀려올라오고 있다
아랫배에 잔뜩 힘을 주느라고
상판대기 볼따구니까지 등허리빛이다
얼씨구!
한 마리가 아니다
굴참나무 갈참나무 졸참나무 상수리나무
참나무란 참나무 가지마다
빠끔한 데가 없다
찌구락 짜구락 뽀그락 대가리를 내밀고 있다
뚫린 데마다 청개구리 대가리다
굵고 단단한 참나무 속살마다
좀 실례,
동면하던 개구리가
겨우내 움츠렸던 뒷다리를 잔뜩 버티고서

으랏차차차 아랫배에 기를 모아서는
졸참나무 갈참나무 물오른 살갗을 밀어젖히고 있다
우격다짐으로 참나무 밖으로 몸뚱이를 밀어내고 있다
팽팽하다
그예 한 마리가 몸통을 쑥 내밀고 툭툭 털며
크억, 끓는 가래를 모아서는
퉤!
조상 대대로의 목청을 한번 뽑았다 하면
그 신호가 한순간에 해일이 되어서
그예 푸른 목청의 바다에 이놈의 산이 먹히고 말겠다

단풍나무 길에 서서

꽃잎이 사선을 그리며 떨어지고 있다
신록의 단풍잎 사이에서 와서
신록의 단풍잎 속으로 떨어지고 있다
사선을 그리며
유성우(流星雨)가 떨어지고 있다
궁창(穹蒼) 속에서 와서
궁창 속으로 사라지고 있다
흙이었으며
흙으로 돌아가고 있다
꽃이었으며
꽃으로 돌아갔었다고 해도 좋다
햇살이
신록의 단풍나무숲을 투과하고 있다
신록의 단풍잎을 투과하고 있다
사선을 그리며 사라지고 있다
사라지는
어느 한순간도 잡을 수가 없다

지금이

사라지고 있다

궁창으로부터 궁창으로 사라지고 있다

폭우처럼 사라지고 있다

가슴으로부터 가슴으로 사라지고 있다

상수리숲을 지나오다

개구리들이, 상수리나무 가지에서 막 뛰어내리려 하고 있다
상수리 상수리 하고 운다
억, 천, 백 마리다
무당벌레가 막 날아오르려는
그 비상 자세다
상수리 상수리 상수리 알 낳는 주술을 건다
화전놀이에서
막 신명이 지피는 할머니의 손끝에 들린
모시수건,
그 승천 자세다
주문에 걸려
파다닥!
움치고 있던 가슴이 명치로부터 뛰쳐나간다
물오른 나무들이
우줄우줄 우줄우줄 물방울을 튀긴다
숲 전체가 개구리 울음소리로 자지러진다

참 막대한 둠벙이다
상수리 상수리 상수리 수수리……
(먹었지? 먹었지? 먹었지?……)
작년 가을에 한 됫박 주워먹은 게 화근이다
바로 그 떨떠름한 맛이
저 백주대낮에 귀신을 호객하는 주술의 영험이렷다!

수수리 상수리 수수리 스스스스…… 얼쑤!

길바닥

늙은 벚나무 밑이 질펀하다
검은 알들이 즐비하다
2억 개의 정자가 질주하여
하나의 정자가 난자와 합치듯이
1억 9천9백9십9만 9천9백9십9개의 정자가
흘려지듯이
검은 알들이 밟히고 있다
으깨지고 있다
바람이 숲을 밀어붙이고 있다
가지들을 떠다밀고 있다
잎사귀들을 뒤집고 있다
막 콘크리트 위에 당도한 검은 알 하나
손끝에 물큰하다,
액을 흘리며
언덕 아래 망초밭으로 굴러가고 있다
던져진다는 것,
검은 알

하나
지상에 던져진다는 것
저 물큰함 속에는,
질펀하게 깔려서 밟히고 으깨지고 말라붙는
알들 속에는
땅을 쪼개고, 거죽을 떠밀고 올라오는
아름드리의 장력이
웅크리고 있다
빅뱅의 뒷다리를 움치고 있다
흙을 향하여
발아(發芽)의 행성을 향하여
무차별로 발사된 로켓들이
정지동작 속에서
무차별로 질주하고 있다
바람이 숲을 밀어붙이고 있다
잎사귀를 폭포수의 포말처럼 뒤집고 있다

8월의 식사
SBS 8시 뉴스

살모사도 밥을 먹느라고 벼포기 사이에서 뜸부기 둥지로 머리를 내민다. 내가 머리를 숙여 밥숟가락을 입 안에 밀어넣듯이.그 역시 일곱 개의 알록달록한 뜸부기 알을 향해 입을 벌린다. 숟가락 없는 그의 식사가 둥글다. 지구처럼 푸르다. 8월의 깊숙한 내장이 말복의 무논을 통째로 삼켰다. 내장이 밥을 삼키는지 밥이 내장을 삼키는지 축 늘어져서 꾸먹꾸먹 엎드려 있다. 어미 뜸부기가 이제 곧 벼포기를 헤치고 와서 대가리를 쪼더라도 들판을 덜퍽 삼켰으니 들판이 저를 다 삭일 때까지 움쩍할 수 없다. 8월의 들판이 빵그랗게 배가 불러서 푸른 눈알을 뒤룩거리고, 하늘은 흰 구름 몇점 데리고 텅텅 푸르다. 뚝딱!

투다리 건너편 횟집

문어가 상추쌈을 내밀고 있다
낙지가 입을 벌리고 있다
씹고 있다
낙지가 소주잔을 내밀고 있다
문어가 잔을 갖다대고 있다
낙지가 상추잎을 들고
찍고 얹고 싸서
내밀고 있다
문어가 입을 벌리고 있다
씹고 있다
문어의 두상이 앞으로 쏠리고 있다
낙지의 두상이 앞으로 쏠리고 있다
낙지의 것이 문어의 것을 가리고 있다
문어의 것이 빠져나오고 있다
낙지가 눈을 흘기고 있다
웃고 있다
문어가 주방을 향해 외치고 있다

주방에서 낡은 앞치마가 헤엄쳐오고 있다
파리가 앞발을 비비듯
손을 닦으며 오고 있다
문어가 소주를 털어넣고
지갑을 열고 있다
낙지가 소주로 입을 헹구고 있다
낙지가 나오고 있다
엉덩이에 붉은 색종이를 오려 붙였다
문어가 나오고 있다
목통에 은빛 쇠줄을 걸었다
수족관 앞에서
문어의 입이 빠르게 낙지의 목통으로 가고 있다
오고 있다
낙지의 입이 빠르게 문어의 입으로 가고 있다
오고 있다
두족류 두 마리가 엉기고 있다
발들이 꿈틀거리고 있다

춤추고 있다
빨판들이 건반을 두들기고 있다
엉겨서 가고 있다
글자 하나가 떨어져나간 간판이 골목 끝에 있다
암전되고 있다

한바다

밤의 한바다에는 배가 이웃이다
이웃도 가고
내 집도
간다
밤의 한바다에는
어쩌다 가는 배가 이웃이다
눈이 가는 그 끝에서
이웃의
불빛이 이만오천 볼트다
그밖에는 어둠이거나
물이다
깊고 어두운, 일렁이는 물이다

제2부

봄비, 백목련

저 환한 구멍 속에서
나무가 한 그루 나온다는 것인데
햇살과 더불어
나무 한 그루가 튀어나온다는 것인데
서툰 나는
봄비에 시린 손을 팔짱끼고 서서
환한 구멍을 바라보며
나의 오늘이 피폐하다고 생각하고
찬 잎새에 손을 대어보고
꽃일지라도
한기 들린 밤의 내 아랫배와 같이
차다는 것을 배우는 것이고
피폐함이라든가 영광이라든가
뭐 그런 것은
이 환한 구멍 앞에서는
가끔 쉬어보는 내 한숨만큼이나
별 볼일 없는 것이라는

서툰 사유를 하고,
그 사유도 또한
내 속의 구멍에서 피어오르는 것을
바라보는 것이고
내 아내의 구멍 속에도
한 그루 아이가 자라고 있어서
또 그 아이를 생각하고
아내도 나도 그 아이에게 가서는
하나의 구멍이라고,
나무가 튀어나온다는 구멍을 바라보고 서서
내 속에도
또 하나 구멍이 마련되는 것을 바라보는 것이고

아내가 머리하러 간 사이

아이가 운다. 낮잠에서 깨어나 머리하러 간 엄마를 찾아 운다. 안아도 얼러도 장난감을 주어도 관심 밖이다. 마루로 부엌으로 방으로 베란다로 두리번거리며 운다. 아빠의 얼굴을 만지며 운다. 아빠의 목을 더듬으며 운다. 아빠에게 애원해도 엄마가 없다는 사실은 사라지지 않는다. 아이가 운다. 그치지 않는다. 마을 어귀에서 오지 않는 어머니를 기다린 적 있다. 배가 고파 아우와 함께 집에 들어가 고구마 삶아먹고 다시 나와 기다린 적 있다. 내가 오늘까지 찾아온 것이 오늘 아내가 머리하러 간 사이 아이의 두리번거림과 같은 것일까? 아이는 하염없이 운다. 늘 하듯이 눈을 맞추고, 뺨을 비비고, 목마를 태우고, 비행기놀이를 해도 소용이 없다. 엄마가 없다. 내가 서른아홉 해를 두리번거려온 것처럼 아이는 자꾸 두리번거린다. 한 시간이고 두 시간이고 운다. 아내는 곧 올 것이지만, 내일 아이는 또 무엇을 찾아 울 것인가? 포대기를 둘러 들쳐업은 뒤에도 운다. 울다 지쳐 잠든다. 창밖에 햇살 밝은데, 나는 무엇을 두리번거려 한 생을 건너는가?

소주를 먹다

신생아실에서 아이를 데려다 눕혀놓고
만산의,
두 시간 만의 출산이
순산도 너무 빠른 순산이어서
자궁에 혈종이 생겼다는 아내는
요도에 호스를 꽂았는데,
회복실을 빠져나와 끊은 담배를 피웠다
소주를 한 병 사서
어두운 벤치에서 혼자 마셨다
느티나무 가지 흔드는 바람자락에
형이 왔다
와서
내 어깨를 치고
아이를 들여다보고
아내에게 뭐라고 웃었다
형을 만지고 싶었다
웃음이 환하게 흩어졌다

형, 잘 가!
웃음 한자락이 남아서 오래 펄럭였다
형, 아프진 않지?
남은 한자락이 마저 흩어졌다

입만 헹군 것이 미덥지 않아서
세수를 하고, 양치를 하고
아이의 기저귀를 갈았다
아내가 고개를 돌려 물었다
술 마셨어?
홍삼 드링크를 한 병 마셨더니, 오르네

아가야, 이 소똥하고 이마받이한 녀석아!
아빠한테 삼촌이 있었다는 것이 이렇게 행복한 적이 없다
이 물에 불어서 쭈글쭈글한 녀석아!
네가 와서

삼촌이 가셨구나

너를 마중하느라고 엄마가 피를 대야로 쏟았구나

소고

누구의 가죽이었을까,
희고
팽팽하게 당겨진

누구의 살과 내장을 감싸던
온기였을까,

부드러운

어디로 살러 갔을까, 그의 영혼은
가죽만 벗어두고

저물녘 그의 울음은 포플러 우듬지 건너
노을에까지 가서 닿았을까
그가 씹던 풀은 부드러웠을까

어느 정육점에 걸렸다가 떠나갔을까,

그의 살들은

그의 뼈들은

어느 화덕에서 바람을 얻었을까

뿌우—

그의 뿔들은 소리를 얻었을까

희게,

팽팽하게 당겨진

내 아이의 소고

시를 구기다

아이가 원고지를 구긴다
이리저리 휘젓고 짤짤 흔들고
휘휘 돌린다
경쾌하게 구겨지는 소리에
저도 경쾌해져서
몸을 앞으로 쑥 내밀고
입을 동그랗게 벌려 힘주어 빼고
신나게 구긴다
온몸을 던져서, 마음을 던져서
구긴다
4백자 원고지 한 장을 작살내고는
아닌보살,
입 싹 닦고 앉아 있다
아빠는 신이 나서
새 원고지 한 장을 또 쥐여준다
덮치듯이
달려들어 또 구긴다

신명나게 구긴다

아이에게 시는 구기는 것이다

시가 구겨진다

잘도 구겨진다

원고지 한 장이 마침맞게 잘 구겨지자

부욱 찢어내린다

탈고!

시는 쓰는 것이 아니라 구기는 것이다

아빠구름

며칠째 말매미가 플라타너스 우듬지를 부둥켜안고 꽝
꽝 울어쌓더니
그예 하늘 한켠에 잠자리 날개 같은 금이 갔다

먼 곳의 태풍에 나뭇가지가 시달렸다

아침에 아이의 손을 잡고 나서니
손때 묻은 하늘 한켜가 어디 가고 없었다

저녁에 다시 나서서
아이가 새로 흘러온 구름덩이를 가리켰다

아빠구름이라고 했다

추석

저 둥글고 빛나는 것이 떨어지지 않고
하늘에 떠 있다

그날 저녁 내가
할머니의 수제비 반죽을 집어던진 것이 그만
저 먼 곳에 가서 빛을 얻은 것이다

저 크고 희게 빛나는 것이
딸아이를 향해 자꾸 수제비를 빚어 던진다

똥 누는 시간

아이가 변기에 앉아 똥을 누다가
아빠, 바깥이 파래
밤이 오나봐
나는 밖에 나가 놀고 싶은데,
왜 밤이 오는 거지?
똥 누는 아이의 손을 잡고 앉아서
아, 똥냄새 지독하다!
코 싸쥐는 시늉을 하는데,
똥을 누니까 냄새가 나지
지독하지는 않고
쪼금, 아주 쪼끔만 나니까
지독하다고 하지 마
손톱을 손톱달만큼 남긴다
숨을 쉴 때마다
아랫배가
불룩 일어났다가 꺼진다는 것을 아는 시간이
똥 누는 아이의 손을 잡고 앉은 시간뿐

아빠, 나는 잠 안 자고
아직 깨어 있는데
왜 밤이 오는 거지?
똥 누는 아이의 손을 잡고 앉아서
파래지는 바깥을 보는 시간
아이를 향해 희게 웃으며
목놓아 우는 시간
사는 것이 죽는 것보다 행복한 시간

부처님 오신 날

할머니 먼 절에 등 켜러 가던 날을
산허리에 진달래꽃 다 지고
철쭉 피던 날을
강변으로 소 몰아내는 아버지를 따라가며
허위허위 푸른 산길 오르는 할머니를
그려보던 날을
등촉 같은 할머니의 합장을 가늠하던 날을
그 마음에 가보고 싶던 날을
오늘은 부처님 오신 날이라고
부처님 오신 데 가보자고
손을 끄는 딸아이에게 끌려 나서며
가닿을 수 없는 그날을
가늠할 수 없던
그 마음을
볕바른 연둣빛 새잎에나 가늠해보다가
그해던가
그 다음해던가

뒤란에 묻은 진달래꽃 파내던 날
뭉그러진 꽃잎의 탈색보다도
꽃빛의 약주보다도
가늠할 수 없는 그 냄새에 취하던 날
쥐어지르는 할머니의 주먹 앞에서도
코를 벌름거려
그 냄새에 가보고 싶던 날을
철쭉꽃 곁에나 서성이며
가늠해보다가
빨리 부처님 오신 데 가보자고 성을 가시는
딸아이의 가슴을 꾹 눌러
가리킨다
먼 나라에까지 가서도 가닿지 못한 그 마음을

무릎 위의 자작나무

자작나무가 내 무릎 위에 앉아 있다

돋아나고 있다, 가슴에서도
피어나고 있다

두 그루가 마주보고 있다

내 생애에서 가장 소중한 것을,
한번도 채우지 못한
목마름의 샘을
자작나무가 틔우고 있다

자작나무가 나를 보고 있다
내가 자작나무를 보고 있다

자작나무가 자작나무를 낳고 있다

구겨져서 납작하게 눌린 나무가
잎사귀에 피어서
주름들이 지워지고 있다

내가 자작나무의 무릎 위에 앉아 있다

손

아버지가 손을 내밀었다
살아서 처음

아버지 손도 따뜻했다

어제 내장을 다 꺼내놓고
담낭을 잘라내고
소장 한도막을 길게 끊어내셨다

아버지 손이 따뜻했다

제3부

목련, 환한

저렇게 공중에 떠 있는 것은
저 환한 날개의
육신 때문일 거라
땅이 그리운
육신의 무게 때문일 거라
저렇게 땅이 그리운 것은
날개 때문일 거라
날개의
가벼움 때문일 거라
육신이 땅으로 갔다면
저렇게
무거울 것도 없겠지
날개가 하늘로 갔다면
저렇게
가벼울 것도 없겠지
저렇게 한없이 날아오르면서
움찍 않고

공중에 붙박인 것은
통증일 거라
폭죽처럼 터질 수 없는
돌처럼 떨어질 수 없는
뼈아픔일 거라,

저 환한 날아오름은

임종

불에 가벼워진 뼈들이 풍장된 나비 날개 같았다
인부는 서걱거리는 뼈들을 항아리에 담았다
육신 없는 날개들이 겹겹이 얹혔다
두개골이 그 위에 얹혔다
항아리 위로 내민 이마에는
푸른 기운이 돌았다
어머니와 아내가
실신했다
인부가 항아리 뚜껑을 닫기 위해
두개골을 지그시 눌렀다
두 아이가
실신했다
금 가는 소리가 모세혈관처럼 뻗어왔다
그것이 그가 남긴 마지막 말이었다

가족공원

참매미가 쓰러졌다 변소 바닥에
모로 누웠다

한여름도 다 나지 못했다

개미떼가 음모처럼 달라붙었다
날개가 떨어졌다

오늘도 함부로 노했다

케빠빤야*의 아침

과일이 따고 싶었다. 담마홀과 숙소를 오가는 오솔길에 파파야와 바나나가 지천이었다. 과일 익는 냄새가 깊숙이 허파로 파고들었다. 아침저녁으로 그 길을 오가며 꼭 한번 따고 싶었다. 부드럽되 가차없고 농익되 끈질긴 유혹이었다. 향기가 올올이 온몸으로 흘러다녔다. 그렇게 다섯 달을 견뎠다. 그리고 어느 새벽, 파파야를 땄다, 두리번거려 인적을 살핀 뒤. 비구는 과일을 딸 수 없다. 주지 않는 것은 나무에게서도 받을 수 없다. 나는 비구였다. 이슬 푸른 잎새에 가린, 누런 파파야! 손에 비틀려 꼭지가 떨어질 때, 그러나 무성하게 피어오르던 마음은 올올이 허공으로 스러졌다. 향기는 절벽이 되었다. 덩그렇게 남은 파파야를 들고 나는 당혹했다. 어쩌지 못하고 숙소로 돌아가 처마 밑에 놓았다. 방으로 들어갈 수 없었다. 방으로 들어간다면 그대로 가사를 벗어야 할 것 같았다. 식당에서 우 꾸살라*에게 파파야를 땄다고 말했다. 그는 웃었다. 그는 합장한 채 쪼그려앉아 풀 죽은 나를 용서했다. 며칠째 파파야를 처마 밑에 그대로 두었다. 처마 밑을 오갈 때마다 손댈 수 없는 파파야를 바라보았다. 며칠 뒤 담마홀에서 숙소로 돌아오는 길에 파파야가 사라진 것을 보았다. 도둑이 그렇게 고마울 수가 없었다. 파파야를 향하던 그 마음은 잔상이라도 남더니, 참혹한 회한이라도 남더니, 파파야는 그마저 없었다. 누구에게 거기 파파야가 있었다고 말해도 믿지 않을 것 같았다. 그렇게 자꾸 사라져갔다. 이제 더 남은 것이 없을지 모른다고 여겼을 때, 바라보면 거기 파파야처럼 덩그러니 잔상을 남기고 사라지는 것이 또 있었다.

* 케빠빤야는 미얀마 양곤 근교에 있는 사원이다. 승가에서는 무거운 죄를 지으면 가사를 벗어야 한다. 그리고 다시는 승가에 속할 수 없다. 그러나 그것이 가벼운 죄이고, 늦기 전에 스스로 고백한다면 참회하는 것으로 허물을 벗게 된다.
* '우'는 미얀마에서 비구에게 붙이는 존칭이다.

조문(弔問)

송사리가 장구벌레를 삼킨다 소스라치게
수면으로 솟구쳐

이 의식도 한순간에 사라지리라

길갓집

처마 밑에 빗방울이 물잠자리 눈알처럼 오종종하다

들녘 한쪽이 노랗다
은행나무가
두 그루 세 그루

빗방울 몇이 제 무게를 지탱하지 못하고
뚝뚝 떨어져내린다

남은 물방울들이 파르르 떤다

은행잎이 젖은 무게를 견디지 못하고
툭툭
떨어져내린다

반나마 깔려서 들녘 한쪽을 다 덮었다

집

손님뿐
끝없이
들고나는 손님뿐,

주인 없네

둘러봐도
부엌으로 방으로 툇마루로 헛간으로
오고 가도
발밑까지 하늘까지 올려봐도

주인 없네

푸른 산
쓰르라미 울음 속에
깨어 있는 산
주인 없이

푸른

산
속에
귀틀집 한 채
명아주 바랭이 개여뀌 고마리
강아지풀 쇠무릎 질경이
기르는,
서까래 이우는

집
쓰르라미 귀뚜라미 메뚜기 풀무치
키우는,
주인 없는

집

흰 국숫발

슬레이트 지붕에 국숫발 뽑는 소리가
동촌 할매
자박자박 밤마실
누에 주둥이같이 뽑아내는 아닌 밤 사설 같더니

배는 출출한데 저 햇국수를 언제 얻어먹나
뒷골 큰골 약수터에서 달아내린 수돗물
콸콸 쏟아지는 소리
양은솥에 물 끓는 소리

흰 국숫발, 국숫발이
춤추는

저 국숫발을 퍼지기 전에 건져야 할 텐데
재바른 손에 국수 빠는 소리
소쿠리에 척척 국수사리 감기는 소리

서리서리 저 많은 국수를 누가 다 먹나
쿵쿵 이 방 저 방
빈방
문 여닫히는 소리
아래채에서 오는 신발 끌리는 소리
헛기침 소리

재바르게 이 그릇 저 그릇 국수사리 던져넣는 소리
쨍그랑 떵그랑 부엌바닥에 양재기 구르는 소리
솰솰솰솰
멸치국물 우려 애호박 채친 국물 붓는 소리

후루룩 푸루룩
아닌 밤 국수 먹는 소리

수루룩 수루룩
대밭에 국숫발 가는 소리

2005년 4월, 마르쎄이유

잦은 것은 아니지만, 가끔 귀신을 본다
그것은 내 가슴에서 걸어나와서
허공을 풍영(風泳)한다
마르쎄이유에서 나는
익숙한,
그 칠흑의 그림자가
육친(肉親)의 속도로 움직이는 것을 보았다
그것은 빠르게,
휘파람소리를 내며 움직였다
어쩔 도리는 없겠으나,
나는 그 수수께끼를 내버려두었다
동구 밖으로 가듯이
멀어져갈 때,
그냥 내버려두었다
잔을 놓은 벗의 겉옷을 집어주듯이
그때 내 상반신이 튀어나와 꺼이꺼이 울며
달아나는 그림자를 붙잡으려 했다

나는 뒤에서 내 허리를 꽉 껴안았다

그림자는 머뭇거리듯이

돌아보듯이

지평선의 먹장구름으로 떠올랐다가는

스러졌다

그제야 나는 돌아서서

세상에서 가장 큰 절통함으로 울었다

나는 낯선 호텔의 어둠속에 일어나 앉아서

그 수수께끼를 내버려두었다

몇십년 만의

낯선 나라 낯선 마을에서의 숙면이었다

그 아침에 프로방스의 노란 햇살에는 습기가 없었다

수신자 요금부담은 비싸다

1

아무 일도 일어나지 않았다. 큰형이 죽었다는 전화를 받았고, 김부장에게 조퇴를 해야겠다고 말했다. 강물은 한여름의 은편(銀片)을 날리고, 덩굴풀은 새파랗게 언덕을 기어오르고, 뭉텅뭉텅 뜯어던진 듯 하늘에 구름이 갔다. 실신과 잠이 구별되지 않는 조카아이를 들쳐업고 영안실 입구에 들어섰을 때, 누군가 "즉사했대"라고 속삭이며 지나갔다. 쥐약 먹은 셰퍼드처럼 등짝에 늘어붙어 있던 아이가 난데없이 쇠가 깨어지듯 "개새끼!"라고 웅얼거렸다. 세상에서 가장 어둡고 새된 저주가 정수리로부터 등허리를 지나 발바닥에 홍건했다. 그 밤에 아버지는 책상을 찍었고, 작은형은 화환을 던졌고, 나는 사과상자를 깃발처럼 흔들었다. 그러나 아무 일도 일어나지 않았다.

2

가끔 형으로부터 전화가 걸려온다. 내가 알지 못하는 사이에, 형이 가슴 어디엔가 통신회로를 묻어두었다. 나도 가끔은 그 회선으로 전화를 건다. 말은 짧을수록 좋다. 형이 요금을 얼마나 지불하는지 알 수 없으니까. 나는 한번도 청구서를 받은 적이 없다. 형이 전화를 걸 때는 "괜찮지?"라고 묻는다. 나는 듣는다. 나는 형보다 나이가 많지만, 언제나 동생이다. 내가 형에게 걸 때 "별일 없지?"라고 묻는다. 형은 듣는다. 형은 이제 가족이 아니지만, 언제나 가족이다. 휴대폰을 눌러, 작은형과 통화할 때도 대개 그렇다. 형제란 말수가 적다. 라이벌끼리는 말을 아끼는 것이 좋다.

벼의 포기 버는 저물녘

산 그림자가 유월 들판을 달려가고 있다
아들 맞으러 가는 어미 발치같이
산자락에서 일어난 바람이
어미의 발치를 앞지르고 있다
어미 발치 따라가는 마음같이
유월의 벼 들판을 쓸며 가고 있다
들판 가운데 논두렁에서
백로가 날개 쳐 날아오르고 있다
발치로부터 가슴으로 일어서는 마음같이
바람에 몸을 밀려 떠가고 있다
아들의 혼백 같다
들판 가 느티나무가
겨드랑이를 한껏 치켜들었다가
내려놓고 있다
세포란 세포는 모두 열어젖히고 달리는 발치같이
나부끼던 잎사귀가 문을 닫고 있다
어미의 흙발이 산 그림자에 묻혀

젖고 있다
산 그림자가 산 그림자를 덮고 있다

제4부

봄날

저것이 왜 저렇게 환한 빛을
내게 보내나

절하고 싶어라
상처 입은 애인의 살을 만지듯
가서
만지고 싶어라

저 아픔과 빛 사이의
길에 들어서

하늘도 아닌,
땅도 아닌,
길에 들어서

저것이 왜 저렇게 환한 빛을 보내나
하늘과 땅에 보내나

난지도의 아침 버들 잎새

봄비 오시는 날

사월의 느티나무 햇잎 스쳐 봄비 오시는 날
빗속에 배꽃 흐드러져 희게 부서지는 날
아내는 일 보러 가고
집 빈 날
글도 써지지 않고 책도 읽히지 않고
슬슬 졸리기까지 해서
일찍 집에 와 혼자 오줌을 누는데
거울 속에 자지가 참 이쁘장했다
며칠 술도 안 먹고 담배도 안 피운 값을 하느라고
움쳐 뛰려는 개구리와 같이
잎새 안쪽에 웅크린 개똥참외와 같이
멀뚱멀뚱한 놈이 참 실팍해 보였다
맑은 오줌발이 솟아나는 그 덩잇살을 바라보다가
그예 쿡,
웃고 말았는데
이걸 어디 좀 써먹을 데가 없을까 생각하던 참이었다,
나도 몰래.

또로로록 또루루룩

빈집을 참 크게도 울리며 포물선을 그리는 오줌발과

검붉게 분 내린 그놈이 비치는 거울을 건너다보다

쿡,

또 한번 터지고 말았는데

입속에 맴돌던 그 '자지'라는 말이 참 물큰하게 씹히는 것이었다

석동에서

늦은 밤 하릴없이 바다에 나와 앉았습니다
이 시간
내가 아주 쓸모없습니다
쓸모없다는 것이 행복합니다
해조음이 쓸모없이 치는 파도를 달래고
파도가 쓸모없이 우는 해조음을 달랩니다

운동회 날도 아닌데 달이 마구 달립니다

하늘 골목

꽃그늘에 서서
하늘에 건너간 꽃가지
그늘에 서서
아득히 하늘길 다녀왔느니,
처음인 듯
이 세상 한번은 살아볼 만한 것이었다

조붓한 골목 돌아
한길 나서서 돌아보느니,
차창에 옛집 스치듯
그 지붕 너머 하늘 스치듯
어느새 어스름 속에 보이지 않는 것이었다

세상에 와서
그런 골목 몇채 걸어나왔느니,
이 세상에 내가 지은 집이란
그 골목 끝에 걸어둔 하늘 몇채인 것이었다

시인의 집

목숨을 건 사랑을 잃고
면도를 가위로 하는 시인의 집에
꽃 보러 갔는데
산 깊은 데 빈집에 불 넣고 사는 그는

　이렇게 살다간 죽는다
　이렇게 살다간 죽는다
　이렇게 살다간 죽는다

세 번 써서
앉은뱅이책상 위에 기우듬히 기대놓았더라
그 밤에 그만 문 열고 나오고 싶었으나
동행이 있어 그러지는 못하고
늦도록 함께 술을 마시는데
못내 견딜 만하더라
누구나 살다가 그런 때가 한번은 오기는 오는 모양이라
내 마음에 세 번 쓰노니

마당에 달래순 푸르다
하늘에 별무리 푸르다
산능선 밤물결 푸르다

오서산

누가 이 커다란 지구를 이곳에 옮겨왔을까
파도는
그때 그 출렁임이 아직 가시지 않은 걸 거라
아무렴,
이 커다란 지구를
물잔 옮기듯 그렇게 옮길 수는 없었을 거라
까마귀는 산마루 넓은 줄 어떻게 알고
여기까지 살러 왔을까
억새밭 드넓고 바람길 길게 휘어져
활강하기 좋은 산,
오서산(烏捿山)
야옹야옹 괭이갈매기 아들 부르는 소리 들으며
까옥까옥 까마귀 딸 키우는 산
살아야지
머리칼 날려 이마에 땀 씻기니,
미움은 미움대로 바라봐야지
오늘까지 지구가 둥글다는 것 알지 못했거니

오늘 오서산에 와서 배운다
둥글다는 건
공 같다는 것이 아니라
툭,
트였다는 것

늦단풍

서른두 가마니의 참숯을 들이부었다

뺑 뚫린 풍구다

대장장이의 얼굴이 서쪽으로부터 발그레하다

낼모레 청명

바람이 풀리고, 땅이 풀리고, 살이 풀려

해일 해일, 흘러넘치는

돌나물 돌나물 위에
시금치 위에
작년의 고추 밑동에

삼라(森羅)에 흘러넘치는

넘쳐
발이 푹푹 빠지는

푸륵푸륵 파도의 징검다리를 치고 가는 까치떼

가을 텃밭의 추격전

암메뚜기가 수메뚜기를 들쳐업고 딱딱한 아래턱으로 배추잎을 푹푹 갉아먹는다. 이 배추가 누 배추라고! 할머니가 부지깽이를 들고 쫓아오던 그 저물녘의 쇠죽 아궁이가 불쑥 밀고 올라온다. 저놈, 저놈, 저 처죽일 놈! 부지깽이는커녕 썩은 지줏대 하나 뒹굴지 않는 배추 이랑을 맨손바닥 하나 치켜들고 쫓아간다. 불알을 그냥 톡 까놓을라, 이 망할 놈! 쫓아오던 할머니가 뚝 멈춰서서 사내처럼 껄껄껄껄 웃는다. 건너편 무 두렁으로 기우뚱! 풀쩍, 토끼는 놈을 향해 냅다 뛰어 헛손질을 하다가는, 뒤쪽 허공에서 난데없이 팔 하나가 쑥 나와 어깨를 당기는 듯 멈춰서서는, 불알을 톡 까놓을라, 이놈! 하늘에 낮달이 비긋이 웃는 그때를, 그것도 은폐라고 무 이파리 뒤로 딱 붙은 채 뒤뚱, 팔랑! 돌아가 붙는 연놈. 고 이쁜!

단풍 행렬

시장기를 면한다는 것은
세계를 얻는 일이다
관악산 삼막사
국수 기다리는 행렬
먹는다는 것은
세계를 밀고 가는 일이다
배설과 더불어
화장실 앞에
내장처럼 꿈틀거리는 행렬
행렬들
공양간 앞에 국숫발처럼 일렁이는
젓가락 젓가락짝들
그 소리들
산다는 것은
세계를 밀고 가는 일이다
시장기와 더불어

팔월 들판

김씨의 말

덜컥 애부터 배가지고 들어온 딸년은
고개 숙인 눈빛 속에
저도 이제 제 자식을 가졌다는 자랑을
숨기지 못했다

죄를 지어도 아름다운 나이
숨겨주고 싶은 죄악

짯짯한 볏모가지 숙는
팔월 들판
두 바퀴 반 돌아 간신히 수락하고
고추잠자리 날아오르는 농로 가로지른다

그래, 이제 네 소나기 속으로 가라
꺾인 고개 밑으로
숨길 수 없는
그 자랑의 햇발 속으로 가라

올 들판도 배불렀으니,
바인더 한나절 밀고 가면
예식장 들러온 빈집이겠구나

길목

할아버지와 손녀와 손자와 할머니와 큰엄마와 엄마와 큰아빠와 아빠와 작은엄마와 작은아빠가 냉이를 캐러 가고 있다

바구니를 들고 비닐봉지를 들고 과도를 들고 꽃삽을 들고 호미를 들고 연필칼을 들고 뻥튀기를 들고 나뭇가지를 들고 꽃가지를 들고 팔짱을 끼고 가고 있다

회빛 나무들과 뒤란들이 만나는 산자락

목련 한 그루가 하얗다

제5부

잡문—화증(火症)과 시와 부침개에 대한 명상

아우는 어머니와 불화하면서 전세 얻어 나갈 돈도 없고
처남은 세번째 직장을 그만두고 집에 있고,
아내와 티격거리다
보지 않는 TV 쪽으로 얼굴만 두고 누웠다가
끙,
옷가지를 꿰어 입고
365일 24시 서일싸우나에나 가서
홧김에 등목하듯
히노끼탕으로 냉탕으로 온탕으로 냉탕으로 한증탕으로 냉탕으로
풍덩풍덩
새벽 1시가 다 되어 들어오다가
우편함에서 시집 다섯 권을 꺼냈다
어제는 소설 한 권과 초대장 한 장, 광고전단 두 장
그제는 어린이책 두 권과 잡지 한 권, 시집 두 권, 동문회보, 사보, 세금계산서, 관리비통지서, 카드영수증 두 장을 받았다

엘리베이터를 기다리면서,
엘리베이터 속에서,
열쇠구멍에 열쇠를 넣기 전에
봉투를 뜯어낸 시집들을 들고 들어섰을 때
아내는 불을 켜놓은 채 잠들어 있다
(아내도 나도
지나간 싸움은 묻지 않는다
아물 수 없는 상처는 건드리면 덧날 뿐)
거실과 주방과 안방의 불을
사감인 듯 꺼주고
작은방에 들어가 불을 켜고
벽에 등을 기대고 앉아서 시집을 뒤적인다
누군가 만져주기를 기다리는 상처들이
갈피마다
상한 끈끈이주걱처럼 앉아 있다
허구렁 같은 상처들을 저마다 만져줄 수 없어서
다섯 권의 시집을 장작더미처럼 쌓아놓고

엉겁결에 지켜주기로 한, 주인이 오지 않는 수화물처럼 내려다본다

상처의 굴비들,

혹은

흉터의 야적장

도무지 눈 밖으로만 밀려나는 것들은 차라리 어둠에나 던져주자고

베란다로 나갔으나

거리에는 귀때기 새파란 삐끼 같은 네온들만 어둠을 파먹고 있다

GS25, 빵 미엘, 동도휘트니스, 농축산물전시장, WAL☆MART, 동양트레벨, 미래한의원, 칼국수 전골전문, Dining Bar, Family Mart, 영재어학원

빌딩 사이로 달아나는 도로에나

눈을 주다가

도시 밖에도

대기권 밖 위성 곁에도 터잡지 못했을 그 많은 어둠에나

마음을 주다가

다섯 권의 시집을 다시 쥐고 들어와서

퇴고될 수 없이 얼크러진 원고처럼 던져놓는다

형광등 불빛과 코팅된 표지가 눈이 부셔서

등을 바닥에 붙이고

목을 꺾어 머리통만 벽에 기대고 누웠는데,

해 바뀌고 새로 들여온 책장에

봉투만 벗겨진 채 던져진 책들이 저마다 눈알을 뒤룩거린다

(새해 들어 달 반을 나는

밥벌이책과,

아이의 그림책만 읽었다)

작파하듯

불을 끄고 누웠는데,

그 어둠속에서

어둠이 눈에 익숙해질 무렵에는

한밤의 둠벙 밑인 듯 묘한 어지럼증과 함께

내내 비워진 채로 오줌통 옆에 살던
통배추 서너 바지게는 너끈히 들어갈 할머니의 그 일없던
항아리 한 채가 떠올라오는 것이었다
그 알 수 없던 어둠의 싸늘한 바람에나 머리를 처박고
누군가 덧나지 않게 만져주기를 기다리는 저 상처들의,
흉터들의 갈피를 탈탈 털어서
켜켜이 쟁여서
그 항아리의
어둠의
세월만큼
(말하자면, 한 우주가 블랙홀로 한번 들어가서
화이트홀로 터져나올
세월만큼)
군둥내 나는 김치로나 익혀서
꺼내 먹었으면
한 서른 해 과부로 늙었던 할머니의 아랫도리만큼이나

푹푹 곰삭혀서
구질구질한 봄비 오는 날에나 꺼내
아내와 아이와
부침개나 부쳐 먹었으면
근동의 약속 없는 지인들을 죄다 불러서
소주나 마셨으면,
하는 생각이 장난스레 드는 것이어서
헐수할수없이 끈 불 다시 켜고 참 이런 시시껄렁한 시나 써보는 것인데,
이 구절쯤에 이르러서는
또 누구에게 이런 시답잖은 시가 배달되어서
자정 넘은 터미널의 주인 없는 짐짝처럼 내려다보일 일이
무서워져서 그만
에라,
이쯤에서 입막음!
그런 비 오는 날이 행여 오거든

택수야, 무슨 강연이나 혈수할수없는 시상식이나 잡문 같은 것은 그냥 작파하고 건너와라!

마사이족의 소떼

케냐 고원의 마사이족이 소떼를 몰고
나이로비 국립공원으로 떠났다
우기에 비가 내리지 않는다
나이로비—
마사이 말로, 맛있는 물
고원의 풀이 다 말라 죽었다
나이로비—
마사이 말로, 시원한 물
지금 마사이족의 소떼가 가고 있다
길섶의 풀,
로터리와 경마장의 잔디,
부잣집 정원과 생울타리를 먹으며 가고 있다
2006년 새해 첫날에는
대통령궁의 잔디밭으로 소떼를 몰고 들어서다가
경비원들의 통사정에 물러났다
케쎄리나 인게라—
(아이들은 어때요? 소떼는 어때요?)

우리말로, 진지 잡수셨어요?
마사이족이 소떼를 몰고
나이로비 국립공원으로 가고 있다
사람의 나이는 몰라도
소의 생일과 나이는 기억하는 사람들
세상의 모든 소를 기르라고 신으로부터 명령받은 사람들
태초에 소가 있었다는 것은 알아도
왜 우기에 비가 오지 않는지는 모르는 사람들
창과 방패의 용맹한 전사이며
점핑댄서들
마우마우 비밀결사의 전사들
마사이족이 신의 명령을 수행하기 위해
소떼를 몰고 나이로비 국립공원으로 가고 있다

오, 하늘이여
전사들의 하늘이여

* 마사이족은 케냐의 소수종족으로 수백년 동안 유목의 전통을 고수해왔다. 그러나 엘니뇨와 같은 기상이변으로 소에게 풀을 뜯길 목초지를 잃었다.

그 밤

저녁 어스름이 산줄기와 산줄기 사이 허공을 지그시 누를 즈음, 용소(龍沼) 윗자락 늙은 보살이 지키는 암자를 에워싸고 새하얀 벌떼가 윙윙거렸다. 벌떼는 암자를 통째로 띄워 저물녘 하늘로 하얗게 날아오르는 것이었다. 주먹으로 내 코나 쥐어박으며 농수로를 따라 흰 밤길을 피냄새나 맡으며 씩씩거리며 자정에 이르렀을 때, 벌떼는 남서에서 동북의 하늘에 바지에 문지른 반딧불처럼 빛났다. 그때도 벌떼는 젖은 날개를 윙윙거리는 것을 그치지 않았는데, 그 날갯짓의 한기에 이슬이 맺혀 낡은 까대기 속으로 기어들었다. 그 아침 목 언저리와 어깨에서 짚북데기를 떼어내며 보았다. 어젯밤 제 몸통에서 떨어진 날개들이 시내 위에 은편(銀片)처럼 마지막 신경을 파닥이고 있는 것을. 그리고 어느 한순간 날개들이 가뭇 사라지는가 싶더니, 용소 윗자락에 가서 또다시 암자를 에워싸고 일제히 윙윙거리는 것이었다. 그 밤에 비틀비틀 술냄새 풍기고 들어와서 왼종일 밭일에 지쳐 쓰러진 어머니나 두들겨패는 아버지하고 한집에 살고 싶지 않아서 나는 봄밤의 한기가 파고들어 사타구니에 닿은 자지 끝이 물큰 차가운 밤을 헤매어 한뎃잠을 잤는데, 그 무렵이 오늘 같은 초파일 근처 어느날 마지막 벚꽃이 묻어둔 폭죽처럼 터지는 밤이었다. 그 아침에는 늙은 보살이 혼자 지키는 암자를 떠메고 어디로 하염없이 떠가는 수억천만의 날갯짓이 햇살 속에 다시 새하얗게 떠오르는 것이었다.

그 집 늙은 개

개가 짖는다
각목으로 우그러진 드럼통을 치는 것 같다
저 개의 머릿속은 비었을 것이다
그렇지 않고는 불량배가 중학생을 위협하려고 때리는
빈 드럼통 소리가 날 수는 없다
저 개는 자기가 늙었다는 것을 안다
그래서 사람이 자기에게 다가오는 것이 두려운 것이다
주인은 가끔 구멍가게 앞 간이의자에서
세입자를 앉혀놓고 김치 안주에 맥주를 마시면서
저 개가 도사견이었다고 말한다
그러나 저 개는 한창때부터 절름발이였다
주인이 고깃근을 끊어다가 개에게 먹인 것은
세상에 한번도 풀어놓지 못한 적선을
저 개의 목청으로 대리충족한 것이다
그러나 이제 주인도 늙어서
번번이 슬리퍼를 끄는 세입자들만 불러 앉힌다
저 개는 요즘 열애중이다

범퍼가 깨진 세단을 모는 옆집 중년여자가 집을 비우면
검버섯 핀 몸뚱이가 개구멍을 빠져나오고
저 개는 그 목덜미를 연방 핥는다
암캐는 한때 미용사에게 발톱을 깎았고,
거세의 순결을 지켰다
암캐가 저 개의 목청을 믿는 것은 아니지만
연방 목덜미를 내어미는 것은
한생의 거세를 쓰다듬어줄 위로가 필요하기 때문이다
저 개도 암캐를 믿는 것은 아니면서
다른 목덜미를 찾아나설 기력을 잃었다
오늘도 저 개는 담장을 따라 서성이며
이웃집 여자가 집을 비우길 기다리다가
초인종을 누르는 대머리 공인중개사를 보고 짖는다
주인은 저 개가 짐이라는 것을 알면서
개줄을 푼 채 내버려둔다
저것말고는 자신의 존재를 확인해줄 다른 소리가 없기
때문이다

목

태국 북부 관광지 치앙마이주(州) 절에서 승려들이 월드컵 경기를 시청하느라 밤을 꼬박 새우는 바람에 아침 공양을 빼먹곤 해 주민들이 불평하고 있다. 치앙마이주 행정위원회는 "승려들의 축구경기 시청이 계율에 위배되지는 않는다"면서도 "아침 공양에 지장이 초래된다면 계율 위배로 간주될 것"이라고 지적했다.(경향신문 2006년 6월 22일자)

'공양'은 아무래도 '탁발'의 잘못일 것이다. 한국에는 탁발이 없으니 그럴 만도 하지, 아잔 아난다!*

비구라고 축구를 좋아하지 말란 법은 없으니 그럴 만도 하지. 그러나 거기 빠져서 탁발마저 거르면 쓰나. 신심 깊은 신자들의 공덕 쌓을 기회를 박탈하면 쓰나. 이쪽으로나 저쪽으로나 빠지면 쓰나, 아잔 아난다!

그러나 아잔 아난다! 나도 거기 가서 축구가 끝난 맑은 아침에 방죽길을 따라 그대와 함께 탁발 나가고 싶다.

* '아잔'은 태국에서 비구에게 붙이는 존칭이다.

새벽바다

어머니의 고봉밥 속이다
새벽이슬 차며
풀 한 바지게 뚝딱 베어온
젊은 아버지를 위하여
어머니가 담은 고봉밥 속이다
그 고봉에는
강낭콩 한 알 희게 반쯤 가렸다
새벽 한바다
그 고봉 아래는
푸른 밥알이 넘실, 일렁거린다

참외 꼭지

여러 날 따지 못했다
때를 놓쳤다
우리 부부는 싸웠고,
참외는 개미가 먹었다
포식을 했다
줄줄 흘러내린 과즙은
까마중이 먹었다
물관과 체관을 지나고
흰 꽃을 지났다
아까 날아오른 두엇은
씨앗 도둑이다
내장으로 가서
곧 항문을 지날 것이다

내 참외를 천지가 먹었다

도둑놈!

■
해설

신생의 감각과 천지간의 빈집

이승원

지금부터 팔년 전 박덕규 씨와 함께 어느 일간지에 아침마다 짧은 시를 소개하는 일을 한 적이 있다. 그때 장철문의 첫시집 『바람의 서쪽』(창작과비평사 1998)에 실린 「장(場) 풍경」을 소개하며, 아들에게 향하는 어머니의 애잔한 마음이 압축적 형식 속에 투박한 사투리로 잘 표현된 작품이라고 언급한 바 있다. 그 작품은 아주 짧아서 지금도 외우고 있는데 간결한 형식 안에 농축된 정서의 형질은 지금도 새롭다.

이거 천원에 다 디레 가소

파장 무렵 비릿한 생선냄새 속에
아들의 얼굴이 선해서

덜컥 가슴이 젖는다

—「장(場) 풍경」 전문

시의 첫 부분에 돌출된, "이거 천원에 다 디레 가소"라는 시행은, 장이 파할 무렵 지나가는 행인에게 손짓하며 남은 물건을 떨이로 팔려는 여인의 초조한 심정을 압축적으로 드러낸다. "디레 가소"가 어느 지역 방언인지는 알 수 없으나 서민들이 모이는 장터에서 흔히 듣는 어투임은 짐작할 수 있다. 그 친숙한 어조와 '비릿한 생선냄새'의 유연한 흐름이 4행의 '덜컥'에 오면 갑자기 제동이 걸린다. 겉으로는 눈물을 보이지 않으나 어린 아들 생각에 눈과 가슴이 이미 젖어 있는 장터 여인의 굴곡 많은 심사가 눈에 잡힐 듯 선하게 떠오른다. 이 시를 읽으며, 직접 대면한 적 없는 젊은 시인 장철문이 이런 삶의 굴곡을 이해할 정도로 깊은 눈을 가진 사람인가 혼자 생각하였다.

그로부터 몇년 후 두번째 시집 『산벚나무의 저녁』(창작과비평사 2003)이 간행되었다. 그 시집에 대한 짧은 서평을 어느 계간지에 쓰며, 그가 추구하는 충만한 생명의 감각과 정적의 세계에 내장된 생의 아이러니에 대해 언급하며 "낮게 가라앉은 침묵이 시의 자장을 넓게 확장하는 독특한 시법"의 시인으로 그를 규정하였다. 이번에 새 시집의 해설을 쓰며 두번째 시집을 다시 읽어보니 5부의 시들이 새롭게 눈에 들어왔다. 그 시편들은 어둡고 쓰라리고 적적한 삶의 어지러운 입자를 어느정도 가라앉히면서, 폐사지의 빈터를 안식의 초원으로 끌어들이려는 견인의 노력이 작용한 작품들이었다.

거기에는 세상살이의 힘겨운 고비들과 거리감을 유지하면서 신산한 삶의 내력에서 사람다운 온기를 찾으려는 눈길이 담겨 있다. 부모와 살던 집을 떠나 짐을 꾸려 이사하는 상황에서 집을 짓고 또 집을 떠나보내야 하는 세상사의 피할 수 없는 인연의 섭리를 생각하는 장면(「이사」)이라든가, 결혼한 아내의 몸에 익숙해지자 오히려 아내의 속살 주름에 접힌 삶의 내력이 애틋하고 슬프게 감지되는 장면(「신혼」), 웅크려 잠든 아내의 모습을 보고 세상의 힘겨움과 혼곤함을 함께 느끼며 다툼과 원망 속에 사랑이 이어지는 것을 새롭게 체감하는 장면(「아내의 잠」) 같은 것은, 슬프고 기쁜 세상사의 단면을 끝없이 순환하는 인연의 흐름으로 수용하면서 어느 하나의 감정에 집

착하지 않고 상황의 전후 사정을 너그럽게 받아들이려는 순례자의 여유있는 중도적 자세를 보여준다. 그는 그때 이미 '상처의 야적장'(「잡문-화증(火症)과 시와 부침개에 대한 명상」)을 지나 생의 곰삭은 터전으로 나아갈 준비를 해 놓은 것이다.

그의 이번 시집은 그러한 시세계의 연장선에 놓여 있다. 달라진 것이 있다면 시선이 천진해지고 말씨가 더 간결해졌다는 점이다. 천진한 시선은 어린이의 재잘거리는 말투를 끌어오기도 하지만 대상을 투명하고 간단하게 바라보기 때문에 복잡하게 얽힌 어조는 개입하지 않는다. 앞의 「장(場) 풍경」은 간결한 어법을 취하고 있지만 시선은 어른의 것이다. 그러나 다음의 작품에서는 다채로운 사설이 펼쳐지지만 그 시선과 상상은 분명 어린이의 것이다.

청개구리 한 마리가 굴참나무 살을 뚫고 나오고 있다
대가리로 힘껏 밀어올리고 있다
살이 뚫리고, 살갗이
봉분처럼 밀려올라오고 있다
아랫배에 잔뜩 힘을 주느라고
상판대기 볼따구니까지 등허리빛이다

얼씨구!
한 마리가 아니다
굴참나무 갈참나무 졸참나무 상수리나무
참나무란 참나무 가지마다
빠끔한 데가 없다
찌구락 짜구락 뽀그락 대가리를 내밀고 있다
뚫린 데마다 청개구리 대가리다
굵고 단단한 참나무 속살마다
좀 실례,
동면하던 개구리가
겨우내 움츠렸던 뒷다리를 잔뜩 버티고서
으랏차차차 아랫배에 기를 모아서는
졸참나무 갈참나무 물오른 살갗을 밀어젖히고 있다
우격다짐으로 참나무 밖으로 몸뚱이를 밀어내고 있다
팽팽하다
그예 한 마리가 몸통을 쑥 내밀고 툭툭 털며
크억, 끓는 가래를 모아서는
퉤!
조상 대대로의 목청을 한번 뽑았다 하면
그 신호가 한순간에 해일이 되어서

그예 푸른 목청의 바다에 이놈의 산이 먹히고 말겠다

—「굴참나무밭에 가서」 전문

이 시를 읽으니, 이십여년 전 내 아이가 돌이 안되었을 때 그림책에 나오는 각종 참나뭇과의 도토리를 손으로 짚으면 나는 '굴참나무 도토리' '갈참나무 도토리' '졸참나무 도토리' '상수리나무 도토리' 하고 일러주던 기억이 떠오른다. 몇번을 반복해도 아이는 재미있는지 계속 손을 짚어댔고, 너무 지루한 나머지 아무 이름이나 대면 그 녀석은 틀린 것을 알고 그 작은 손으로 내 뺨을 후려갈겼다. 갈 수만 있다면 그 시절로 다시 돌아가 하루종일 '굴참나무 도토리' 놀이를 벌이고 싶다.

참나뭇과의 나무들은 모두 키가 크고 우람하게 자라서 천연기념물로 지정된 나무만도 전국에 여러 개다. 봄이 되면 높고 큰 나무의 작은 가지마다 빈틈없이 연초록 잎이 터져나온다. 장철문은 그 신생의 잎을 청개구리로 비유하였다. 참나무 수목원에 들어가 신록의 잎이 폭발하는 장면을 보고 경탄하는 사람은 많아도 그것을 청개구리가 대가리를 밀고 나오는 것으로 상상한 사람은 없을 것이다. 때묻지 않은 어린이의 시선으로 볼 때 "찌구락 짜구락 뽀그락" 대가리를 내밀고 급기야 "으랏차차차 아랫배에 기를 모아서" 몸뚱이를 밀어내는 청개구리의 모습이 보이고, 온산을 뒤흔드는 "푸른 목청의 바다"가 감성의 그물에 포착된다. 어린아이와 하나가 되어 천진한 눈길을 같이 나눌 때 "숲 전체가 개구리 울음소리로 자지러"(「상수리숲을 지나오다」)지는 찬란한 침묵의 소리를 들을 수 있다.

이 시가 시각적 형상을 동적인 움직임과 역동적 청각으로 형상화한 것이라면 「흰 국숫발」은 슬레이트 지붕에 빗줄기가 떨어지다가 소나기가 되어 사방에 퍼붓는 소리를, 국숫발을 뽑고 삶고 헹구어 그릇에 담고 맛난 국물 부어서 탐스럽게 먹는 각종 형상의 소리로 표현하였다. 청각이 시각으로 변환되면서 우리들 식생활의 단면이 다채롭게 펼쳐지는 이 절묘한 작품 역시 착상과 연상은 어린이의 것이다. "자박자박" 걷고, "쨍그랑 떵그랑" 양재기 그릇 구르고, "솰솰솰솰" 국물 붓고, "후루룩 푸루룩" 국수 먹는 소리를 그대로 기억하여 복원하는 사람은 어린아이의 감각을 그대로 유지하는 사람이다. 어린아이의 감각에 "멸치국물 우려 애호박 채친 국물"이라는 어른의 상식이 결합될 때 이처럼 천진하고 유쾌한 시가 탄생한다. 그러한 어린이의 시선과 감각은 어른의 하릴없이 허전한 심사를 나타낸 「석동에서」라는 시에 "운동회 날도 아닌데 달이 마구 달립니다"라는 천진한 시행을 배치케 하여 시의 윤기를 화끈하게 살려내기도 한다.

어린이의 천진한 시선은, 인연의 오고 감을 명상하는 그의 수행과정이라든가 아동문학에 대한 지속적인 관심에서 온 것이기도 하겠지만, 더 크게는 아이를 낳고 기르면서 자연스럽게 형성되었을 것이다. 그래서 시인도 '시인의 말'에서 "문자는 내가 만졌으나 쓴 것은 늦본 딸아이였다"라고 고백한 것이 아닐까? 딸아이와의 교감과 그것이 안겨준 생의 의미에 대해 다음과 같은 시를 써 시집의 표제작으로 삼았다.

자작나무가 내 무릎 위에 앉아 있다

돋아나고 있다, 가슴에서도
피어나고 있다

두 그루가 마주보고 있다

내 생애에서 가장 소중한 것을,
한번도 채우지 못한
목마름의 샘을

자작나무가 틔우고 있다

자작나무가 나를 보고 있다
내가 자작나무를 보고 있다

자작나무가 자작나무를 낳고 있다

구겨져서 납작하게 눌린 나무가
잎사귀에 피어서
주름들이 지워지고 있다

내가 자작나무의 무릎 위에 앉아 있다

—「무릎 위의 자작나무」 전문

지금 아버지의 무릎 위에 자작나무로 앉아 있는 이 아이는 태어날 때 엄마를 조금 고생시켰다. 그 체험을 담은 시가 「소주를 먹다」이다. 출산 후 아내의 경과가 좋지 않아 걱정이 된 시인이 혼자 소주를 마시다 스무살의 나이에 세상을 떠난 작은형이 나타나 자신의 어깨를 치고 아이를 들여다보고 아내에게 무어라 웃음을 건네는 모습을 보았다. 「수신자 요금부담은 비싸다」에도 나오는 것처럼, 오랜 세월이 흘렀지만 시인은 지금도 가슴 어딘가 있는 통신회로를 통해 가끔 형들과 교신을 한다. 동생이 걱정에 잠겼을 때 꿈인지 생시인지 죽은 형이 수호천사처럼 나타나 가족을 흐뭇하게 바라보는 장면에서 동생은 마음의 안식과 생명의 힘을 얻었던 것이다. 시인은 가슴에 밀려드는 행복감을 느끼며 "이 소똥하고 이마받이한 녀석아!" "이 물에 불어서 쭈글쭈글한 녀석아!"(「소주를 먹다」)라고 아이를 불렀다. 그 아이가 제법 커서 시인의 무릎 위에 하얀 자작나무로 앉아 있다.

시집의 여러 작품을 보면 시인이 이 아이와 여러가지 놀이를 벌인 것을 알 수 있다. 아내가 머리하러 간 사이 아이가 깨어나 두리번거리며 울어서 애를 먹기도 하고(「아내가 머리하러 간 사이」), 아이가 원고지를 집으면 "몸을 앞으로 쑥 내밀고/입을 동그랗게 벌려 힘주어 빼고/신나게" 구겨놓고는 "입 싹 닦고 앉아" 있는 모습이 귀여워 원고지를 자꾸 쥐여주기도 하고(「시를 구기다」), 태풍이 스치고 간 저녁 하늘에 새로 흘러온 구름덩이를 가리키며 "아빠구름이라고" 한 천진한 재치에 흐뭇해하기도 하고(「아빠구름」), 딸아이와 한가위 둥근달을 바라보며 할머니의 수제비 반죽을 떠올리기도 하고(「추석」), 똥 누는 아이의 손을 잡고 앉아서 "아이를 향해 희게 웃"는 "행복한 시간"(「똥 누는 시간」)을 나누기도 했다. 아이는 잠시도 쉬지 않고 여러가지 방법으로 시인의 감성과 정신을 자극해온 것이다.

그런 관점에서 보자면 이 작은 자작나무는 그냥 가만히 앉아 있는 것이 아니라 조금도 쉬지 않고 잎이 피어나고 가지가 돋아나는 생명운동의 화신이다. 백설보다 흰 자작나무의 살결을 바라보자니 시인 자신도 어느덧 자작나무가 된다. 이 천진한 자작나무가 없었다면 사십대 초반의 남자가 어떻게 자작나무가 될 수 있었겠는가? 두 그루가 마주보고 있으니 시인의 가슴에서도 잎이 피어나고 가지가 돋아난다. 신생의 정기가 온몸으로 샘물처럼 퍼져가는 것이다. 그리하여 "한번도 채우지 못한/목마름의 샘을/자작나무가 틔우"는 것이다. 이러한 기적의 은총이 마련된 것은 온전히 무릎 위의 어린 자작나무 때문인 것. 그러니 어른이 아이를 낳는 것이 아니라 아이가 어른을 낳은 것. 이 아이의 천진성에 힘입어 "옹이박인 상처"('후기', 『바람의 서쪽』)에 시달리던 "남루한 몸"('시인의 말', 『산벚나무의 저녁』)이 순백의 자작나무로 서 있게 된 것이다. 이 순백의 자작나무 덕분에 시인의 내부에 "구겨져서 납작하게 눌린" 것들도 어느덧 편안하게 주름이 지워져 신생의 잎으로 피어나게 된다. 말하자면 아이가 내 무릎 위에 앉아 있는 것이 아니라 내가 자작나무의 무릎 위에 앉아 가슴 두근거리는 경이감으로 신생의 기쁨을 누리고 있는 것이다.

이러한 경이의 쾌감을 느낀다 해도, 근원으로 돌아가면, 실존의 문제는 여전히 그의 앞에 미해결 과제를 던져놓고 있다. 자연과 화합하여 환한 봄빛과 하나가 되려는 소망을 가져보지만 그것은 목련이 피어나는 어느 봄날의 한 싯점(「봄비, 백목련」)이거나 봄기운 지핀 난지도 산책길의 느낌(「봄날」)일 뿐이다. 또 한편에는 송사리가 장구벌레를 삼키고 날개 부러진 참매미가 개미떼에게 끌려가는 살생과 비극의 업고가 계속되는 것(「조문(弔問)」「가족공원」)이 세계의 실상이다. 본성을 깨닫지 못할 때 끝없이 윤회하는 우리의 몸과 마음은 정처를 잡지 못한 떠돌이 신세거나 주인 없는 텅 빈 집의 형상에 불과하다.

손님뿐
끝없이
들고나는 손님뿐,

주인 없네

둘러봐도
부엌으로 방으로 툇마루로 헛간으로
오고 가도
발밑까지 하늘까지 올려봐도

주인 없네

푸른 산
쓰르라미 울음 속에
깨어 있는 산
주인 없이
푸른

산
속에
귀틀집 한 채
명아주 바랭이 개여뀌 고마리
강아지풀 쇠무릎 질경이
기르는,
서까래 이우는

집
쓰르라미 귀뚜라미 메뚜기 풀무치
키우는,
주인 없는

집

—「집」 전문

불교의 관점에서 보면 모든 존재는 잠시도 가만히 있지 않고 변화한다. 그러므로 존재하는 모든 것에는 영원히 상존하는 실체가 없다. 이루어져 머물렀다가 허물어져 없어지는 변화의 시각으로 보면 우리의 육신이 잠시 머무는 몸이라는 것도 주인 없는 빈집과 같으며, 우리의 삶이 머무는 세계도 빈집에 불과하다. 현상을 민감하게 의식하는 시인의 눈으로 볼 때, 자신의 본체를 찾지 못하고 욕망에 이끌려 하루하루를 보내는 자신이 빈집 같아 보일 것이다. 쉴새없이 많은 생각이 머리에 명멸하지만 어느것 하나 자신의 본마음으로 터잡지 못할 때 몸도 마음도 주인 잃은 빈집처럼 허전하게 다가올 것이다.

그러나 또 관점을 달리해보면, 빈집이기 때문에 많은 것들이 깃들 수 있기도 하다. 주인이 마음대로 관장하는 집이라면 그 집에 아무도 들어갈 수 없을 것이다. 특히 자연과 우주는 주인이 없기에 만물이 깃들 수 있다. 이 시의 앞부분이 주인을 찾지 못한 마음의 형상을 나타내었다면 뒷부분은 주인이 없기에 온갖 풀들 돋아나고 온갖 풀벌레 서식하는 자연의 형상을 나타냈다고 할 수 있다. 당나라의 승려 임제(臨濟)는 "머무는 곳마다 주인 노릇을 하면 서 있는 그 자리가 곧 진리의 세계다"(隨處作主立處皆眞)라고 했다. 자신의 본성을 밝혀 대상과 하나가 되면 바로 그곳이 깨달음의 세계가 된다는 뜻이다. 이런 경지에 도달하려면 "부처를 만나면 부처를 죽이고 조사를 만나면 조사를 죽이는" 과정이 필요하다. 주인에 해당하는 기존의 관념을 모두 없애버렸을 때 진정한 주인의 자리에 이를 수 있고 진리의 개현에 도달할 수 있는 법이다. 그러므로 '주인 없음'과 '주인이 됨'은 서로 맞물린 연쇄관계에 있다고 말할 수 있다. 그것은 스스로 비움으로써 만물의 주재자가 되는 길이다. 이것이 있으므로 저것이 있고 저것이 있으므로 이것이 있다는 상호 연기의 이치를 몸으로 체득하는 길이다. 다음과 같은 시는 그 길의 열림을 암시해준다.

여러 날 따지 못했다

때를 놓쳤다
우리 부부는 싸웠고,
참외는 개미가 먹었다
포식을 했다
줄줄 흘러내린 과즙은
까마중이 먹었다
물관과 체관을 지나고
흰 꽃을 지났다
아까 날아오른 두엇은
씨앗 도둑이다
내장으로 가서
곧 항문을 지날 것이다

내 참외를 천지가 먹었다

도둑놈!

—「참외 꼭지」 전문

텃밭에 기른 참외를 제때 따지 못한 모양이다. 참외의 달콤한 향이 퍼지자 개미들이 몰려들어 파먹고 거기서 흘러내린 과즙은 옆에 돋아난 까마중에 스며들어 물관과 체관을 지나 작고 야무진 흰 꽃에 이르렀다. 과육이 무너져 속살이 드러나자 새 몇마리가 날아와 참외의 과즙을 씨앗째 먹고 날아간다. 씨앗은 새의 내장을 거쳐 항문으로 배출되어 다른 곳에 종자가 널리 퍼지게 한다. 이들은 "내 참외"를 허락없이 먹었으므로 "도둑놈"이라고 부를 만하다. 그런데 시인은 "내 참외를 천지가 먹었다"고 했다. 그렇다면 천지간에 자란 참외를 "내 참외"라고 생각한 나도 갈데없는 "도둑놈"이다.

생각을 다시 정리하면 이렇다. 천지간에 자란 참외는 내 것이 아니기에 천지가 나누어먹는 것은 당연한 일이다. 이처럼 천지만물과 나는 보이지 않는 생명의 회로로 연결되어 있다. 내가 '내 것'이라는 관념을 지울 때, 그래서 내 몸과 마음이 빈집이 될 때 천지만물이 내 마음에 깃들 수 있다. 그때 나와 자연의 진정한 일체감에 도달할 수 있고 그렇게 되면 서 있는 자리가 곧 진리의 세계가 될 것이다. 장철문은 이제 그곳으로 향하는 길목에 접어들었다. 그 순례의 길에 어떤 빛깔의 시가 피어날지 앞으로의 행보가 자못 기대된다.

李崇源 | 문학평론가

■
시인의 말

또다시 5년 만이다. 이 보폭이 낯설지 않다.

대체로 탈고 순서에 따라 배열되었다.

문자는 내가 만졌으나 쓴 것은 늦본 딸아이다.

다시 또 받아쓸 언어들이 찾아와준다면,
그 안부가 궁금하다.

새로운 언어를 느낄 때가 있다.

2008년 여름
장철문

창비시선 290
무릎 위의 자작나무

초판 1쇄 발행/2008년 7월 25일
초판 4쇄 발행/2016년 5월 25일

지은이/장철문
펴낸이/강일우
책임편집/박신규
펴낸곳/(주)창비
등록/1986년 8월 5일 제85호
주소/10881 경기도 파주시 회동길 184
전화/031-955-3333
팩시밀리/영업 031-955-3399 · 편집 031-955-3400
홈페이지/www.changbi.com
전자우편/lit@changbi.com

ISBN 978-89-364-2290-5 03810

* 이 책은 한국문화예술위원회의 2006년도 문예진흥기금을 받았습니다.

* 책값은 뒤표지에 표시되어 있습니다.